JUAN BALBONTÍN
El paradero

❇
LA RECTA PROVINCIA

Balbontin, Juan / El paradero

Santiago de Chile: Ediciones Universidad Diego Portales, 2022, 1ª edición, p.76, 13 x 21 cm.

Dewey: Ch863
Cutter: B250
Colección La recta provincia
Análisis de Diamela Eltit, Raúl Zurita y Eugenia Brito.

Materias:
  Literatura chilena. Siglo XX.
  Balbontín, Juan, 1953-2019
  Escritores chilenos.
  Novelas chilenas. Crítica e interpretación.
  Dictadura militar. Chile. 1973-1989.

EL PARADERO
JUAN BALBONTÍN

© Herederos de Juan Balbontín, 2022
© Diamela Eltit (del prólogo y "Entre lo público y lo privado"), 1989, 2021
© Raúl Zurita (de "Un testimonio sobre *El paradero* de Juan Balbontín), 1989
© Eugenia Brito (de "Lo fragmentario, lo escindido, lo carente"), 1989
© Ediciones Universidad Diego Portales, 2022

Primera edición en Ediciones UDP: abril de 2022
Inscripción n.° 262.902 en el Departamento de Derechos Intelectuales
ISBN: 978-956-314-516-8

Universidad Diego Portales
Dirección de Publicaciones
Av. Manuel Rodríguez Sur 415
Teléfono: (56 2) 2676 2136
Santiago – Chile
www.ediciones.udp.cl

Diseño: Mg Estudio
Diagramación: Carlos Altamirano

Impreso en Chile por Salesianos Impresores S. A.

JUAN BALBONTÍN
El paradero

EDICIONES
UNIVERSIDAD DIEGO PORTALES

ÍNDICE

9   Escenas límites
por Diamela Eltit

19   El paradero

61   Sintagma I

67   Un testimonio sobre *El paradero*
de Juan Balbontín
por Raúl Zurita

69   Entre lo privado y lo público
por Diamela Eltit

71   Lo fragmentario, lo escindido, lo carente
por Eugenia Brito

75   Nota a la edición

ESCENAS LÍMITES

Diamela Eltit

Se trata ahora de revisitar la memoria, la mía, aunque no es exactamente propia porque esa memoria y ese tiempo estuvo fragmentado en millones de cuerpos que permanecimos en Chile envueltos en el toque de queda, quedándonos adentro de una casa por esa orden o nerviosos en el paradero esperando la última micro de esos tiempos.

La novela *El paradero* de Juan Balbontín es una singularidad literaria. Es fina, sorprendente, misteriosa. Evasiva y múltiple. Puede ser leída como la novela de la espera y de la vigilancia. El texto que deja entrever una cierta paranoia en la subjetividad de la mirada. Siguiendo desviadamente a Walter Benjamin, pienso que este relato recoge a un *flâneur* periférico, carente de portal pero poseedor de un aura que deambula en una espera doble o triangular. Sus movimientos descansan en la escritura misma, en esa capacidad de generar un paradero posible para su letra fundada en una resonante poética que sobrevuela a ese o esos personajes tenues y misteriosos. Cuerpos carentes de alojamiento, fugaces y, a la vez, definitivos. La escena de la novela se confunde con la novela como escena y muestra en su breve extensión una extensión máxima, porque alude a una contención que la escritura es capaz de sostener. Un deliberado silencio que no puede sino multiplicar sentidos. Todo está dicho. "A buen entendedor pocas palabras". Esa es la capacidad que porta la escritura o quizás habría que decir de algunas escrituras porque, precisamente, permiten al "otro" su lector y acaso coescritor (como es todo lector) entender su propio recorrido por la letra como una forma intensa y múltiple de habla.

Ya dije que la novela *El paradero* de Juan Balbontín es fina y en cierto modo se funda en la cadencia. En esta oportunidad la leí sin él, lejos de su presencia sureña y me impresionó por su pericia. Tengo confianza y desconfianza en la memoria. En la mía. No soy proclive a volver trascendentes la vida o la literatura. Así, aunque pensaba que este texto era una pieza literaria importante, temí que mi amistad con su autor hubiera contaminado mi recuerdo. Pero ahora, cuando re-leí este texto, me resultó tal vez más eficaz, autónoma, asombrosa, su vigencia.

Ya sabemos que el tiempo que rige cada una de nuestras cronologías es una convención, una trampa, una forma –por qué no decirlo– de dominación. Que solo transcurrimos entre el sueño y la vigilia, que es en ese espacio donde se juega todo lo que somos, que abrimos o cerramos los ojos para retomar ese ciclo de manera perturbadoramente repetida. Pero entre esos momentos almacenamos imágenes. Las almacenamos en estado de reserva igual como las prolongadas etapas en que dormitan las tortugas o los murciélagos. Imágenes que no pueden ser capturadas por las tecnologías, porque le pertenecen al acto de vivir y a cada uno de sus remanentes.

Nos conocimos con Juan y con Eugenia Brito justo el año 73, "el año maldito", en la Universidad de Chile. En esos meses previos a lo que venía. Justo unos meses antes porque unos meses después la realidad ya se había dado vuelta. Debo reconocer que me resulta difícil recorrer esos años porque, en uno de sus vértices, permanecen en mí rencorosamente agazapados y en otra parte el pudor, el miedo a trivializar o por la sensación de la insuficiencia que podría alcanzar el relato. Es posible, no lo sé, que fuera exactamente ese año o esa fecha o esa ruptura la que precipitó el volvernos comunitarios.

Más adelante, siempre inmersos en la precariedad, entre un abrir y un cerrar de ojos, Juan y yo hablamos hasta llegar al silencio sin ninguna incomodidad. Aprendimos a conocernos. Habitábamos la sumisión social a la que debíamos rendirnos, experimentábamos las infracciones espeluznantes que debíamos tragarnos y entre medio estaba la literatura como emblema y tal vez el único horizonte que parecía posible. Pero Juan fue detenido. Tengo una imagen que guardo en mi memoria tal como la centenaria tortuga o el murciélago. Una imagen alojada debajo de una gruesa caparazón o colgando de las patas en una ruinosa viga. Apenas nos enteramos de su aparición fuimos con Eugenia Brito a visitar a Juan al regimiento donde lo mantenían preso. Allí estaba después de un tiempo que había resultado peligrosamente interminable. Fuimos. Y mientras íbamos llegando al recinto nos cruzamos de frente con un vehículo militar y allí pudimos ver que sacaban a Juan del regimiento. Lo llevaban sentado en el medio del asiento delantero del camión, con los ojos vendados. Una imagen que tengo y la conservo por su extrañeza o por su dramatismo o su violencia o la certeza de que estaba pasando algo que parecía imposible.

Nunca hablé de manera contundente con él de lo que experimenté frente a esa escena, la de la venda en sus ojos. Quizás esa imagen de un capturado con los ojos vendados en un vehículo militar se había convertido en una cierta norma o formaba parte del relato más conocido de los presos políticos, no estoy segura, porque entonces la venda en los ojos parecía una condición. Pero también hay que considerar ese impresionante cruce, en la más plena luz del día, donde vimos con toda claridad al amigo con los ojos vendados. Y esos ojos vendados señalaban de manera inexorable que vivíamos en medio de un sobresalto porque la incertidumbre y lo innegable de esa imagen indicaban que cualquier cosa podría ocurrir. Señalaban que Eugenia Brito y yo éramos las testigos del suspenso en torno a la vida de Juan, a lo que se exponía en el interior de ese camión y que ese cruce, marcaba un corte temporal para nosotros y la ausencia en el interior de nuestra comunidad de la que salía el compañero-amigo literario.

(Me permito establecer aquí un desvío. Yo enseñaba por horas en el liceo de la emblemática población José María Caro el año 1973. Nunca me reincorporé después del 11 porque era imposible. Pero un día me crucé en la calle, en pleno centro de Santiago, con Marieta Castro, actriz, hermana del legendario Cuervo Castro y cofundadora del teatro Aleph. Marieta el 73 trabajaba conmigo en el Liceo. Ella, ese día, caminaba con dos hombres en dirección a la Alameda. Recuerdo que cuando iba a acercarme para saludarla, ella movió levemente la cabeza indicando un no frente a mi gesto de reconocimiento. Quedé completamente desconcertada. Digo, que tú vayas a saludar en la calle a una persona que conoces y que te "nieguen el saludo" es en cierto modo incomprensible y hasta podría resultar hiriente. Más adelante supe que había sido detenida junto a su hermano. Me enteré de que su marido y su madre fueron a visitarlos, con los permisos correspondientes de entrada al centro de prisioneros político Tres Álamos. Nunca salieron. Hasta hoy –su madre y su marido– están desaparecidos. Marieta y el

Cuervo Castro sobrevivieron. Fue entonces que reordené la escena: Marieta Castro, ese día, el día en que nos cruzamos en esa calle del centro estaba detenida y caminaba con los CNI, uno a cada lado [el terrorífico "poroteo"]. Su negación fue un gesto político de resguardo, un gesto solidario. Se trató de un instante, un cruce, un encuentro sorpresivo con una mujer joven que estaba en una situación crítica que yo no podía presagiar. Lo recuerdo ahora en el escenario de lo que fue vivir entre signos de una aparente baja intensidad pero que permiten asomarse para comprender, quizás, no lo sé, tal vez ya no sea posible, la densidad de la otra dimensión que cercaba la vida cotidiana. Nunca volví a ver a Marieta).

Pero quiero reponer la imagen de Juan Balbontín con los ojos vendados, a plena luz del día, en un vehículo militar. Primero, la sorpresa ligada el asombro total hasta llegar al miedo en una progresión perfectamente articulada. Juan ciego, en cierto modo, mientras Eugenia y yo los veíamos pasar rompiendo la simetría que antes nos juntaba. Me parece complejo hoy comprender cómo fue que conseguí "normalizar" hasta relegar esta imagen que comparto con ustedes.

Solo adquirió relieve mucho más adelante como asalto a la memoria de la tortuga o del murciélago que me habitan. Sé que Juan fue un preso político, que pasó del regimiento a la cárcel pública. Sé también que de la cárcel pública de Santiago fue trasladado a Osorno. Meses después, cuando lo liberaron, volvió a la Universidad y continuamos esa vida literaria que nos convocaba.

Pero esos ojos vendados por el poder militar, en la calle, sin ningún disimulo, significan, lo sé, no solo el síntoma de un deseo mortífero de castración como escena central sino también todos los posibles márgenes que podrían adherirse a ese deseo.

En otro registro me parece que entonces una parte transcurría en la realidad más real de ese tiempo entre el ver y el no ver: ver la prisión del otro que el preso no veía pero sí experimentaba mientras el otro, con los ojos vendados, no veía al que lo miraba en medio de una conmoción. Algo así pasaba. Pero estaba la literatura, el leer y el deseo de escritura, el pensar y el deseo de escritura, como un horizonte de fuga del ojo. La imperiosa necesidad de mirar política y poéticamente hacia un espacio posible. Ese día del regimiento supimos del paradero de Juan. Pero era un paradero móvil sin un destino conocido.

Y después vino la novela *El paradero*. Incierto y constante, acuciosamente nocturno. Un trabajo de años que después de años pudo emerger y hoy reemerge en el pleno presente que portan las estéticas y ciertos libros literarios. Porque la novela *El paradero* es hoy. Pues a pesar de los signos con que se escriben las órdenes y los órdenes de los poderes, la literatura sigue transcurriendo y renovando sus imágenes para un ahora que está colgando de las patas esperando todo su futuro.

Posfacio: Juan Balbontín ha muerto, siempre de manera anticipada, inesperada como es la desaparición de una persona extraordinariamente cercana que será irremplazable. Pero, en otro sentido, sigue en la memoria detenido en diversos momentos, en distintas edades, en el humor y en la adversidad, en las conversaciones frente a frente, en ese nudo de un tiempo en que la cercanía disminuyó la definitiva hostilidad de un afuera que todavía conmueve. Escribí con Juan como modelo literario uno de los escasos cuentos que conseguí formular. Quería abordar la decapitación, Juan el Bautista como referente, perder la cabeza, el retiro de sí mismo de Juan Balbontín, su decisión inquebrantable, su sed infinita, su infinita fantasía y toda su preciada rareza.

EL PARADERO

A mi hijo Rodrigo Augusto, nacido el dos de septiembre de 1973.

Todas las noches, y no por complejo de Cenicienta, esperaba media hora la medianoche. Primero fue casual aunque aceptar casualidades resulte difícil, pero él no se lo había propuesto, entonces no podía saber que demoraría justo media hora en lograr reunir el dinero necesario para subir en el mismo paradero a una de esas micros que allí dejaban y recogían gente que después él intentaría adivinar, dotándolos de hechos de vida tan ordinarios o magníficos como los que creyó efectuados las veces que se puso a vivir el oscuro pasadizo de su recuerdo.

Era un juego sin sentido único: unas noches pensó que ingresaba a esa media hora determinada a la espera de algo conocido, sentido y perdido, pero aún presente en la débil señal repetida que eran sus manos recibiendo agua para las mejillas ajadas por la noche que huía con la primera abertura de sábanas. Otras, dejó caer casi físicamente cada uno de los treinta minutos para que en cualquiera de ellos el desconocido apareciera como la soberbia confusión que lo iluminaría sobre lo que él hacía o esperaba hacer. Fue olvidándose y poco a poco a una mujer conocida que nunca había visto esperó, y por cada falda verde, desde la esquina a un bus, o al revés, en movimiento o detención aparecía, su cuerpo era menos cuerpo canibalizándose en emociones, que luego, al recoger: piernas, rostros, detalles, sombras, manos, desaparecían. Devuelto a su dimensión inicial física, pero sin certeza, sumido en paseos de presidiario por las galerías de su cuerpo recién vaciado, intentaba descubrir colores en esas paredes eternamente oscuras.

Cuando sus piernas lentamente volvían a moverlo entre las gentes del paradero, y era ese paisaje de nuevo el objeto de sus ojos, irradiaba una felicidad desapasionada.

Todo bien –diría–, la medianoche y no ha pasado nada. Abandonaba el paradero caminando con una mano en el bolsillo y la otra sujeta a la frente inclinada por los ojos que buscaban baldosas rotas para avanzar esquivando.

Caminaba por la Alameda con sus brazos asimétricos hasta que su espalda estaba fuera de mi campo visual por sí sola o porque me era obstruida por la poca gente que le seguía o por los muchos menos que se acercaban enfrentándolo por sus lados.

Ni los domingos dejaba la media hora anterior a la medianoche sola con las gentes que esperaban vehículos colectivos para el regreso. Permanecía, ni siquiera observaba a esas mujeres pálidas cargadas de bultos y niños dormidos, no las miraba, tampoco a esas otras, cansadas, friolentas, insinuantes, que escondían sus cuerpos de distintas parecidas maneras entre los brazos de sus hombres de siempre o de esa sola noche o de algunas más; no importaba, salvo que alguna tuviera o él de pronto alienado por su deseo le imprimiese colores verdes a sus ropas, entonces sus ojos miraban, revisaban hasta que la evidencia negativa lo arrojaba deambulando por interiores vacíos.

¿Buscaba a su amada? Ya no pedía dinero, no subía a los buses.

TANTAS MEDIAS HORAS

Tantas medias horas hasta tocar la medianoche con la fija idea de un verde cubriendo rodillas arriba y al final del color el conocidísimo rostro amado aún no visto, que una noche lo vi perder el brillo en sus ojos estirados tras las nuevas condiciones de color en movimiento desde la esquina y los buses. Volvía a fallar, pero no empalideció.

Sin embargo todavía no era medianoche y el frío era fuerte. Él esperó moviendo sus ojos con lentitud, como cansado, casi pensando, hasta que fuera el tiempo preciso en que la tierra, huyendo de sí misma, le abriese esa puerta por la cual se fue caminando, y pensé que ya no volvería. Estuve seguro cuando sus brazos fueron simétricos, y mano y mano en bolsillo y bolsillo de su chaquetón negro haciendo un túnel bajo la lluvia, Alameda abajo desapareció de mi campo visual.

Al día siguiente a las once de la noche ya estaba, y sus labios dibujaban algo como una sonrisa que no fue alterada ni a las doce en punto cuando pasó con la misma no lentitud, no prisa, Alameda abajo desapareció más rápido que lo acostumbrado de mi campo visual.

Las gentes que me lo habían negado se perdían, se acercaban, disminuyéndose en el mismo último punto donde mi mirada lo perdió. Pronto dejaron de ser figuras, formas, la mirada ahí mismo se me hizo como a demasiada luz, o a noche invernal que ha cortado las deslumbrantes imágenes que el sueño, para gratificar el deseo, genera. Pero no tuve sorpresa, espanto, nada de malestares, mis ojos quedaron ahí mientras me decía: y mira tú el que no iba a venir, el que no iba a volver. Estuvo y se fue a la misma hora de siempre, pero ¿por qué adelantó su llegada? Además ¿hizo algo? Solo llegar con esa actitud entre suficiente o idiota sin que sus ojos buscaran, pero me tuvo tras su indiferencia por el vaciarse y llenarse del paradero.

Estuvo.

Pensaría, tal vez, que la mujer de las ropas verdes, su vieja conocida inhallada, podía estar o aparecerse aunque fuera un segundo sin repetición en el tiempo anterior a esa hora en que la había esperado. Pero sus ojos no buscaron.

Bastante helado, hora de irse, de abandonar el espionaje, de dejar sola a la noche con su noche.

Me di aún un paseo un tanto extraño en el casi desértico paradero, como intranquilo por una novia que no teniendo no llegó, o equivocado las casi dos horas esperando a un bus que por allí no pasaba. Ya pocos quedan y lo negro de arriba se cansa de su propio color devuelto desde abajo, empieza a pedir el cambio, a exigir el relevo, asustado de su próxima propia soledad.

Me iré aunque sé no es bastante todavía. No encuentro el resquicio para abrir la puerta, vuelvo a pensar en él: que si no abandonó hoy, este tiempo más, me dice que mañana permitirá que la lentitud sea, que el desaparecer sea, sin que él lo perturbe apareciéndose de ninguna manera.

Aunque después desaparezca con los brazos simétricamente ocultando las manos en sus bolsillos llenos, quizás, de boletas, de cáscaras de maní, ¿o de algo más? Si pudiera ver sus bolsillos, registrarlos. Todo está vacío y helado, los taxis, libres, lentos, avanzan, esperando al último pasajero; miro lo poco que queda por ver; mis paseos rápidos que recorren volviendo la cuadra del paradero hacen de este un cuartel. Registro los míos, los dos a la vez, mis dedos sin salir reconocen lo que sé tengo, no necesito de ojos, estoy saliendo de la esquina, estoy abriendo la puerta. Esta es la clave, me digo. Imagino ahora que desde allá ya no me veo; he desaparecido de mi propia mirada.

Las noches vigiladas en el paradero se sucedían monótonas, ausente el acontecimiento que me llevara a abandonar el definido espacio tiempo en que me paseaba y detenía, observando las luces que iluminaban los rostros que pasaban, los rostros que se detenían, para luego abandonar ingresando por las puertas que se alejaban.

Él comenzó a inquietarme, mucho más que los vendedores de maní, de cigarros importados, de chicles, de diarios, de todo lo que vende la noche, pues aunque ellos también permanecían más que los pasajeros, hablaban entre sí, pero él no. En su prolongada soledad se me hacía, a veces, una pesada sombra que desfasada repetía mis paseos, mis detenciones, mis atenciones, otras, un foco irresistible, inevitable para mi mirada y un desquiciador de mi claro pensamiento. Restaba mi vigilancia, la dejaba toda para él, ennegrecía mi recuerdo; no sabía si estaba para espiarlo, si él me tenía esperando para defenderlo, o todo era al revés. Nunca nos acercábamos, y yo sentía su mirada sin tener la seguridad de que mis ojos podrían rechazarla.

Su desgarbada figura ridiculizaba mi permanencia, le restaba importancia.

Sobre el edificio del frente el mensaje de luz juega a estar y desaparecer. Las figuras humanas mantienen copada el área de una forma móvil, intercambiándose en cada parada, en cada partida. Los vendedores no constituyen obstáculo, sé que no, porque igual que los pasajeros están para algo que efectúan en la misma noche a la que llegan, y que incluso como es cierto si regresan a eso es. Vuelven, están, actúan. Pero la noche no es de ellos. Esforzándose, (gastados) gritan sus mercancías porque una vez vendidas podrán comprar lo que todos los días necesitan, así, de parecida forma ajena a la búsqueda, se alberga el ansia en esas miradas que reiteradas esperan los buses. Tampoco perturba la boca de esa, mordida desesperadamente por su amante que volverá a buscarla pero a ella en la noche siguiente, no a la noche en la noche.

Él inquietaba. ¿Me espiaría? ¿Qué hacía? Si yo sabía (porque él lo había mostrado) que dejó de esperar a esa mujer de fantasía verde, cuando extendió su tiempo de una a dos horas, y que ya no esperaba ni siquiera otra cosa, cuando de dos regresé a tres mis horas para no verlo en el antiguo territorio colectivo, pero allí estaba. Y que ya no podía esperar nada, cuando y desde entonces casi he perdido la esperanza pues de tres, por la misma razón, hice cuatro mis horas, y allí estaba él. Me interesaba el paradero, pero estaba él bloqueándolo, sin embargo me quedé.

La gente de las ocho de la noche era peor, de un ansia peor, no subía a los buses, los asaltaba, todos corrían. Avanzaban lentamente al encuentro, estirando sus miradas por entre ellos mismos, los buses, las micros y las liebres; volvían a la carrera a efectuar, con la ayuda del semáforo, el asalto a esos cubos ya llenos de ellos mismos; pero él, en un mismo punto desde las ocho de la noche, no los observaba, me miraba a mí, sentía ya media hora sus ojos clavados en mi nuca, distorsionando la captación del paradero, fragmentándola.

Supe que se acercaría, pensé pensé apresuradamente que había una sola manera de evitar su pregunta (una respuesta que aún no podía saber), fortalecer mi vista, no volverla hasta que él lo solicitara, no preguntar nada.

Lo hizo. Me pidió fósforos, mientras le encendía el cigarrillo debió haber sentido el resultado de mi pensamiento, ninguna pregunta efectuó, me dijo gracias, y volvió al mismo punto que había tenido desde que llegara. Se apoyaba a ratos en la barra de fierro del cobertizo del paradero, justo a la medianoche, con pasos lentos. Alameda abajo, abandonó.

Ya he dicho que él bloqueaba el paradero, ya he dicho que el paradero me interesaba, y ningún bloqueo por difícil que hiciese mi observación me alejaría de ese espacio.

De modo que continué; claro, era muy poco lo que veía, muy poco lo que avanzaba (¿hacia dónde?), porque estaba él, pero siempre jugaba distintos amuletos que me lo retirarían para que mi cerebro y mi acervo actuaran sobre ese desconocido imantado que era la cuadra; unas noches, una bocina no oída antes anunciaba su pérdida en media hora más, cuando pasaba ese tiempo y él continuaba, no alcanzaba a hundirme en la frustración, pues era ahora esa mujer joven, acostumbrada –para mí– a ser dulce con un solo hombre de barba y carpeta, que tapando mi mirada daba los besos que yo ya le sabía a este sin tales señas; y que distintas cosas, incluso gradaciones en los uniformes gritos réclames –de seguro imperceptibles para los viajeros habituales–, anunciaban su desaparecimiento que no llegando nunca, como las mil otras cosas que del mismo modo había invocado en mi lejano pasado, caí en duda tan profunda que fue mayor mi alejamiento de la efectuación del nuevo dibujo, de la primera foto, por siempre la única, de ese espacio móvil y diverso que se me había fijado y reducido solo momentáneamente ansiaba por él en él.

Rotos los intentos mágicos de desecharlo, no una vez sino a distintas horas y días y temperaturas, opté, sin y para no perder mi esperanza inicial, por aceptarlo.

Ya no luchaba contra mis ojos para no verlo proyectado como una diapositiva gigante sobre la gente sola, constituida en grupo, que se dispersaba para denotarse tal, a la llegada de un bus y tres liebres; tampoco sentía ya que él, como sombra pasando por mis ojos, siguiese el movimiento de reacomodación de ellos a la partida de esos cuatro vehículos; cuando en ratos cada vez más espaciados sentía una mirada en mi espalda, volvía mi vista y lo saludaba con la naturalidad de un empleado que saluda a otro.

El paradero empezaba a hacérseme conocido, familiar, pero sin que todavía por ningún lado lo atrapara, lo resolviera. Tampoco mi saludo se detuvo y en otra noche más posterior, donde todo era más intenso por ser viernes, me di cuenta, recordé el peligro que ese saludo entrañaba; ya no logré evitarlo, y hasta más, mucho más, pues su cercanía se hizo tan cierta, que en un momento, cuando ya no sus ojos, sino su voz y alegando con las bocinas, los murmullos, los motores. ¿Cómo para qué?, me decía yo, él me hablaba del frío, de si acaso creía yo que llovería en la madrugada, que si había estado o no en unos lugares que no alcanzo a recordar cuáles eran, tal vez, porque bueno   él me hacía juntar saliva para decirle titubeante el objeto requerido por respuesta:

de que

de, que de

de que tanta gente abra posibilidades, sobre todo porque muchos vuelven en las mismas horas al mismo lugar, posibilidades de

por ejemplo encontrar a una mujer que

            o un amigo que reconociéndote espontáneamente por tu nombre, no te genere duda alguna de serlo, o   en fin, la posibilidad de que alguien entre tantos tenga la fuerza, las condiciones

hasta la suerte necesaria como para ayudarte
        sobre todo porque
              muchos vuelven en las mismas
horas a este mismo lugar.

Y a cada palabra mi cerebro era más tartamudo y más alejado de mis sonidos; y mi cuerpo entero, adquiriendo una pesadez que era vergüenza por lo que oía salir y murmurar de su piso más alto, obligó, quizás, a que mis ojos pararan la voz y el pensamiento, fijándose en él, que a dos metros me observaba con la seguridad –en la sonrisa– de un profesor que ha dado a su alumno la última oportunidad para evidenciar no los progresos de este, sino (una vez más para el ego) su débil sapiencia siempre requerida de afirmación; no me habló de inmediato y yo suspendido –con una lucidez cerrada de mi equivocación– esperaba sus palabras.

Fumó y después su sonrisa se cerró.

Y yo suspendido –sabía que debía alejarme– esperaba sus palabras.

Fumó y habló:

Sí, me dijo, y volvió a fumar, y su mirada paseándome eran puras interrogantes, pero fue cauteloso y se las guardó.

Sí, repitió.

Te veré mañana, dijo.

Y su mirada y sus labios quisieron ser amistosos (pero me recordaron a Ache) al despedirse de mí. Asombrado observé que dejaba la cuadra, que Alameda abajo se iba perdiendo cuando aún faltaba una hora entera para la media noche.

No me pregunten nada por esa hora que faltó, esa hora en que ya sin él permanecí en la cuadra del paradero. Cierto es que permanecí, pero si no tengo recuerdos de ninguna mujer, de ningún hombre embriagado, angustiados intentando abordar un último taxi o bus, no puedo afirmar que esa noche, que en ese lapso de noche no los hubo.

Al parecer, mi ansia satisfecha con su abandono del paradero me esfumó. No quiero pensar otra cosa.

Toda reiteración imprecisa de lugares y conversaciones internas, interrumpidas por esas rápidas pasadas de luces de los automóviles, que imposible despejaran mi bruma, es el único argumento que esa hora siguiente me deja para decir que no traicioné las doce de la noche, que aún a mal traer la esperé, despidiéndome con la rara intuición de que ese acto de fidelidad vacía, generaría el día siguiente y mi vuelta a intentar superar ese brusco desorden desatado (preparado con tanta paciencia).

Al nuevo día estuve a las ocho de la noche; a mi llegada solo pude ver que él no estaba. Permanecí como siempre, trazaban mis pies los caminos que sucesivas noches habían transformado en una extensión rutinaria que me cerraba cualquier nuevo vislumbre: mi vista vagando, mis oídos rastreando. Inmediatez rutinaria: mis ojos, mis oídos, mi piel, mi olfato atentos, pero ¿qué decir de los que llegan, de los que pasan, de esos buses continuándose, de esos murmullos, de esas luces? ¿Por qué me perdía entre eso?

La atracción era grande.

Ni mi falta de definición ni la molestia que su presencia por ausencia provocan en mi mente podrán detener mis paseos de espera en la cuadra del paradero.

La hora avanza como los buses Alameda Bernardo O'Higgins que se detienen, parten, repletos siempre, y nunca desaparecen.

Un orden sin textos ni maestros aprendido reparte en línea por toda la cuadra. Casi cayéndose de vereda a calle, a los más ansiosos por partir, esa línea, esos hombres son el molde desde el cual nacen dos paralelas: la del medio, aparentemente difusa, la forman los que llegan recién a esperar, los que van abandonando, los que más alejados de todo pasan envueltos en conversaciones (silencios cargados de nada); la línea tercera, la última para un hipotético observador sentado en la ventanilla derecha de un bus detenido, la que a veces yo también aumento, es más que de nadie de los vendedores. Siempre dando sus espaldas al conjunto de prados, escalinata, asientos, estatua, faroles, patios de estacionamiento –a esa hora desiertos– que continúan su gris en las murallas del Palacio de La Moneda. Paseándome y deteniéndome miro tan exhaustivamente esta constante movilidad jugada sobre este inmutable paisaje de concreto, que temo dormirme, pero un corretear, un arrancar fuera de orden abren mis párpados y mis oídos: gran cantidad de gente escapa primero hacia Teatinos, después cierran la esquina con sus cuerpos. ¡ ▬▬▬▬▬▬▬▬▬▬▬▬▬▬ !

¡ ▟▟▟▟▟▟▟▟▟▟▟▟▟▟▟▟▟▟▟▟!, retornan eufóricos gritando por mis lados, la euforia se extingue en esos únicos dos gritos. Teatinos se ha despejado, desde Morandé por Alameda vuelven a aparecer desaparecer los buses y demases, las luces iluminan a su modo de siempre a los pasajeros que se agrupan a lo largo de la calle, en su borde, llenando el paradero. Me retrocedo hacia la tercera posición donde los vendedores ya han retomado sus lugares y entre grito de maní y entre grito de diarios conversan, escucho, comentan:

No les veo las caras, los escucho de espalda, miro la línea primera de los que esperan y la segunda de los que abandonan y pasan, es por esa donde le veo venir a él, viene derecho a mí y aunque ahora todo está igual me dice:

— ▟▟▟▟▟▟▟▟▟▟▟▟▟▟

Avanzo con él hasta la línea del medio, en busca de más espacio para explicarle, le cuento todo lo que he visto, las carreras, los gritos eufóricos, los silencios de los vendedores. ▬▬▬▬ me dice ▬▬▬▬

Sin mirarlo, con mis ojos puestos en los automóviles particulares, superando esa velocidad con el pensamiento, me digo en silencio: ¿Por qué plantea esto? Sí, es la forma de hacerme olvidar lo sucedido. Si le afirmo algo, serán esas palabras y no lo ocurrido en la tela del juicio, el hecho desaparecido desaparecerá también de nuestros cerebros, solo su comentario permanecerá de vez en cuando.

–Tienes razón –le contesto, mientras pienso que he salvado una de sus trampas y su presencia muda me corrobora tranquilizándome.

Creo que no tiene qué decirme, que quería hacerme olvidar, discutiendo algo sin sentido, lo que había anunciado con tanta seguridad la noche anterior, ridiculizándome: su ironía pasó. Este silencio suyo de ahora es consternación. La alegría me mueve, me separa, mi cuerpo alivianado (¡qué exceso!) hasta que se ordenan las palabras; en mi propia mente las leo: ¿qué has ganado? Las veo y me enfrío, me espanto, mis pasos se debilitan, tiritando estoy pero me muevo disimulando. "De que de que de que de que de que", en mi cerebro marcando el ritmo a mis pasos que se levantan en la cuadra y no avanzan.

Media hora antes de que mi tiempo terminara rompió su silencio, se acercó no para pedirme fuego ni el dato de una línea que sirviera para llegar a una calle X, pero habló.

Me habló, sí, pero diciendo eso de los buses, de las oficinas, y sus frecuencias, sus cantidades; eso de los edificios de departamentos, y que había que averiguar, reunir, acumular, interpretar y que yo debía ayudarlo. Claro, no le respondí, él esperaba mis palabras, las esperaba en silencio, con su cuerpo tras el mío, como si hubiera sido otro indefenso. No

le dije algo porque no podía decirle nada,
pero él no lo supo cuando a la medianoche
partió.

A la siguiente ocho de la noche, cuando volví, mis ojos miraban apresurados por el apresuramiento de las gentes que, como él, se aparecen y no están en el paisaje o antes del paisaje que los ojos me siguen trayendo a cada instante.

A la siguiente ocho de la noche, cuando volví, la gente avanza tan como mi mente en donde permanece y no está

A la siguiente ocho de la noche, cuando volví

Han pasado noches en que él no ha venido, han sido noches en que he supuesto su llegada y abandonado a las doce, no he sentido, sin embargo, que no volverá nunca más, pues en otros días lo he visto aparecer por escasos ratos en que me habla muy poco, me ofrece cigarrillos y se va, ocasionalmente se ha atrevido a invitarme antes de la hora de salida, a beber un café, a cenar, a algo, con tal de sacarme, pero esto, su intención de fondo, no lo dice. Yo, con una serenidad que me sorprende, agradezco, respondiéndole que quizás otro día.

Y me quedo y miro, lo pienso y paseo y me pienso. Explicaciones para mis piernas busco, para esta persistencia respiratoria. ¿Qué espero? ¿Qué hago?, me digo. ¿Por qué no subo como ellos? (acaso esos se salvan por subir.) Continúo detenido, los observo, son todos parecidos, gran familia disgustada que no se cruza palabra, son todos diferentes, como en un vacío de sobremesa intento enumerarlos.

Y yo se lo iba a decir, por eso me paseaba de distinta manera, por eso por primera vez esperaba no que él no apareciera, no, ahora no. Se lo iba a decir, demasiado tiempo sin claridad sobre el paradero, aún no la lograba, pero sabía ya por qué estaba él; cuando se lo dijera tendría que abandonar. De distinta manera me paseaba entonces; es que el pensamiento, las certezas que sobre él me repetía cambiaban el ritmo de mis pasos, ahora esperándolo en la misma cuadra, bajo las horas conocidas, entre el ajetreo de la gente que a mi alrededor día a día repetían.

Se lo iba a decir.

Imposibilitada su permanencia por el descubrimiento de mi mente, esta, deshecho ese particular, avanzaría.

Pero él debió suponerlo, tal vez, porque desde el balcón de un edificio, espiándome con un prismático infrarrojo, leyó la huella que el hallazgo imprimía a mi desplazamiento, pues si no es así, ¿cómo? Cuando viéndolo ya como un estúpido triunfador me acerco eufórico para decírselo todo, y empiezo, y apenas lo hago, él me para y me dice "sí, sí, sí, está bien", antes que se lo diga, y tomándome de un hombro "me lo dirás después", y llevándome hacia atrás va diciéndome que deberé ser cuidadoso y me la presenta a ella, y desaparece justo cuando mi brazo, mecánicamente estirado, está sujeto a esa mano suave que me estrecha, me sonríe, quedándome –desaparecido él–, quedándonos frente a frente con el silencio como otro cuerpo separando las dos cohesiones de moléculas que han soltado el puente que en el saludo tendieron.

Esas palabras (las mías), tan bien ligadas, quemando, quemándose. Él ya no estaba. Me había dicho al cortarlas "ven, te presentaré a alguien, pero debes tener cuidado".

La observé, tan mal la observaba que no tuve para el recuerdo el color de su vestimenta, sus ojos acuosos, y el conocimiento del tiempo que para ese día en el paradero me restaba. La gente, los buses, la calle ensordeciéndome, débiles recuerdos, enredado en imágenes. Mi mismo obligado, quise en el acto alejarla, pero la suavidad de su mirada, más bien aclararla, pero su silencio. Sé que no generé sonido.

¿A qué esto? Tu molesta presencia, no tengo intención de repetir trucos de viejas historias, de ahí que los gestos, captarlos, la observación algo tan simple aparentemente: asumir alguna ley universal en el cuerpo, un puro acto de repetición. Porque cuando ella me dice, estrechando mi mano, no su nombre, sí, una noche lo vi perder el brillo en sus ojos, usted debiera entender que si eso se produce, que si eso a usted, se le produce, es por insuficiencia de una realidad anterior, pero no arranque hacia una nueva para que, situado en la falta de sorpresa, vacío usted, esté liberado de las tentadoras trampas de la novedad.

Sus ojos acuosos, y esa palabra "cuidado". Su cercanía, y el conocimiento del tiempo que para ese día, en el paradero, me restaba. Ni ella quebró el silencio, ni yo fui capaz, ni abandonó, ni él volvió.

Él ya no vendrá, me lo ha dicho ella que no ha dejado de venir, que no pudo mantener su silencio inicial, cuando yo, habituado ya a la presencia muda de él, no me incomodaba ante este nuevo cambio y lo pensaba incluso necesario pues liberaba mi soledad de malos entendidos. Así, con ella a mi lado, podía pasearme, acercarme a alguien que me resultara desconocido, retroceder y sentarme en la escalinata del promontorio de la estatua de Alessandri Palma; ahí podía descansar mi cerebro; se hacía más cerrando mis ojos o apoyando mis brazos hacia atrás, levantaba mi vista a la oscuridad y hacía esfuerzos como de cámara por evitar cualquier zócalo de cemento o destello debilitado de los comerciales que quedaban, irguiéndose, desde donde mi cuerpo estaba en un intento de ordenar, lo que a metro, a ruido, a vaho, a hollín recogiera ya tanto tiempo. Mi costado sabía de ella, sabía con tranquilidad, así no sería a nadie sospechosa mi permanencia. Así era cosa de tiempo y finalmente por una ecuación bien realizada sabría de mi objeto o de lo que el paradero encerraba.

Pensaba a veces en no volver a mirar lo mirado, pensar era dudar de inmediato, pues quizás una desatención mágicamente ocurrida, repetida como tic, o premeditada por otros interesados, me habían hurtado siempre los sentidos, del factor o de los varios factores, sin los cuales la ecuación estaba condenada a su eterno aplazamiento. Estiraba los brazos y mis piernas separándose del último escalón, descendían, ella lo mismo, como si hubiese sido la mujer que ante mi silencio decidía olvidar la riña y volver a nuestra casa, se aproximaba tras de mí a la línea primera, donde en medio de ellos, yo, porque había supuesto algo me faltaba, buscaba precisar si a esa hora los días anteriores había mirado hacia Morandé o Teatinos, para hacer entonces lo contrario.

Él ya no vendrá, no porque ella un día sacara el habla, rompiese la armonía que mi largo trabajo había logrado como indispensable para su resultado final –pensaba yo–, con sus palabras acerca de él, que malamente se las escuchaba, pues cuando empezó con los detalles, con las certezas, basadas en su conocimiento, de tales y cuales cosas que hacían con él, concluí no categóricamente que todo eso emanaba sabor a libreto en exceso representado, no por sus palabras bellamente sonadas, pero supe que él ya no vendría.

Sus palabras, sus ojos, sus labios que cada vez se movían más. Ruido mezclado con el de los motores, otra obligatoriedad de desciframiento, de despejar, de poner en relaciones, aislar, hacia un punto que señale el camino a la verdad de este conjunto que se empeña en ocultármela.

No fue la lluvia, solo la lluvia no. De eso estoy seguro, pues no era ni en el paradero ni menos en mi vida la primera vez que acumulaban mis ropas el agua de cuatro horas. Seguro porque cuando la lluvia se iniciaba, apoyándome en el recuerdo, supe que soportaría mi tiempo predeterminado. El delgado cuero de mis zapatos fue el primero en ceder, ese frío me hizo temer, al suponer ya no la misma intensidad para observar a los que, huidizos en ese instante, desesperados, buscaban refugio en cualquier bus que los acercara a sus casas donde...

Soportando la lluvia y mirando, pensé alocadamente, mi cerebro perdiendo la dirección en manos del cuerpo, que la prisa de ellos no era inocente, que acudían a ella, que la efectuaban más que nada por mí. Intentaban demostrar, hacer evidente el absurdo de la soledad en la que vivía, mayor en esa hora, cuando ni ella estaba para prestarme su silencio.

Pero si no fue la lluvia, ¿qué fue?
    El hambre no, la fiebre no, ¿la monotonía sin resultado en que habían caído mis noches de vigilancia?

Porque abandoné. Aunque solo faltaban –estoy seguro– minutos para la medianoche. Pero abandoné. Es que cuando ella llegó, mi cuerpo había aumentado su peso, su fuerza crecida negativamente con tanta agua pudo vencer la resistencia organizada de mi pensamiento. Pero la lluvia requirió de ayuda. ¿Fue esa la invitación de ella? O acaso es al revés. Sí, es más probable que sea al revés.

Ella supo hacerme sentir su ausencia cuando la lluvia –que nunca sabe nada– comenzaba a caer. Había sabido desde su llegada, provocarme su costumbre con ese silencio no indagador; recuerdo ahora la vez en que él desapareció, su advertencia: Ven, te presentaré a alguien, me dijo, pero debes tener cuidado.

Ella y él calcularon todo.

Ellos que, prodigios de cálculos, efectuaron, para determinar los litros de agua, la cantidad de tiempo que uniéndose con frío y sorpresiva nueva soledad me generarían la fiebre y con eso el olvido, el abandono de mis tantas precauciones, el asentimiento inmediato, la sorpresa extinguida cuando llegó derecho a mí, tal si hubiera sido mi madre y limpió con la manga de su abrigo seco mi empapada frente que después besó.

Estábamos bajo el paraguas, había tomado mi brazo, me susurró:

   –Ven conmigo, nos tomaremos un café, te secarás la ropa.

En un hueco del pavimento, la lluvia acumulándose, ahí sobre ese misterioso espejo negro móvil, mi mirada buscó una respuesta, pero ella que nada me había preguntado ya caminaba con mi brazo, con todo mi empapado cuerpo.

SINTAGMA I

No se podían visualizar esas ausencias, menos abstraerlas a signos para leer un sistema total de mecanismos entrelazados / separados / diferentes / escribiendo / tapando / escondiendo la página transparente el aire.

Perdiendo consistencia, en un punto determinado, el asfalto denoto el carácter paradójico de su continuidad.

Hasta el lugar del accidente.

Hasta el lugar del accidente se vienen kilómetros que ahondan aún más lo definitivo de la caída, su mudez definitiva, lo definitivo del entramado de la caída.

–rellenar: colocar los pilares al puente evitando la tierra/

una mirada obvió las señalizaciones.

Estaba sola y las piernas desplazaban el asfalto su carne vertical que equidistaban a los huecos de cercamientos emanando imágenes líquidas bloques similares al enfrentamiento con más de 200 W de potencia –parpados bajos– el cuerpo lumínico que transforma todo lo abierto de su entorno en lo cerrado negro del túnel por donde se equilibra. Está el asfalto recientemente extendido, ella pisa y sensibilizada determina la angostura de lo circundante / Ref: constatación, fijación de ese retardo cerebral que (como el tuyo o el mío) determinaría nuestra salida de un asfalto angosto la inconsistente mezcla por ahora rellenar el entretiempo entre sus pasos y la salida del pavimento que nadie más que esa pudo ocupar hasta llegar a ser liberada como excedente, como signo, como escritura.

COORDENADAS:
a. Pudo plasmar sus pasos en el asfalto-cemento fresco.
b. Dio cuenta (se da cuenta) de la fragilidad de los materiales.
c. Veintinueve años. Estaba sola.
d. Su transcurso en el puente de aproximadamente 8 metros de ancho.
e. Ese mismo puente con las debidas señalizaciones.
f. La descripción de un retardo cerebral.
g. Una cualquiera que olvidó su situación en el paisaje.
h. La salida del asfalto como accidente.
i. La salida del asfalto como desenlace.

Como si un puente no fuese construido allí para el transito ahora repetido en una construcción narrativa de mala fe (pudo pensar), por ejemplo, que el largo rectángulo del asfalto no presentaba ramificaciones, no era el lugar pertinente al vacío (pudo pensar), por ejemplo, en ella misma extendida como denso volumen de alta resistencia, de continuidad infinita que poseía bordes.

Nadie más que ella pisa el asfalto para que sus pies se desplacen a lo largo del puente en un transcurso de tiempo idéntico al tiempo de lectura llenado en un rectángulo físico (también) por los ojos insertos ahora en los pies de la desconocida. (Una cualquiera).

No te apena

La pérdida del conocimiento fue factor de olvido.

No te apena.

Ella caminando sola sobre el asfalto.

No te apena.

Huida puramente circunstancial de lo retenido por la carne

No te apena.

Juan Balbontín
Abril-mayo, 1979

UN TESTIMONIO SOBRE *EL PARADERO* DE JUAN BALBONTÍN

Raúl Zurita

Hace ya tiempo, en medio de una noche circular, leí este libro. Era el año 1976 y desde entonces algo de la sombra se ha hecho más tenue y lo que ha ocurrido, quizás por su cercanía, resulta difícilmente enrostrable. Lo que antes parecía inimaginable ya ha sucedido, y ahora cuesta recordarlo, fijarlo en imágenes porque ellas mismas eran un patrimonio de la oscuridad y del desasosiego. No obstante las sombras no lo pueden todo, de ellas perdura su noche, las amenazantes caminatas y un desamparo que sin embargo hacía que los de entonces, aún jóvenes, nos estrecháramos en lealtades que el tiempo jamás repetiría.

Así nos tocó la juventud y recordarlo, como toda apuesta de la memoria, emociona y espanta. Y espanta precisamente porque fue hermoso, fueron años demasiado bellos. Después de muchos años, tal vez de una eternidad, he vuelto a oír la voz de Juan diciéndome que el libro que leí en aquel entonces aparecería. Fue corto, bromas más bromas menos, supe que me había llegado la hora de las segundas lecturas y que con ese libro aparecería un documento que pervivió a las sombras, sobrevivió a ellas –cuando todo parece ya más calmo– como un testimonio de que la espera continúa.

Pienso en todo ello recordando esta memorable novela. Pienso también que lo implacable de la noche, su condena y su terror, resulta a menudo más entrañable que la presencia de un día demasiado estridente. En todo caso, desde lo más profundo de la dictadura de Chile, emergieron las palabras, la espera, el desencuentro de la novela de Juan Balbontín, y aunque era un tiempo atroz, en el que desaparecían seres humanos y se circulaba con pavor y silencio, también creo que allí unos jóvenes jugaron sus vidas con una pureza que nada igualaría y de cuyo fracaso final, de su amor y su dilapidación, este libro nocturno me preserva, nos resguarda y enaltece.

Temuco, agosto, 1989

ENTRE LO PRIVADO Y LO PÚBLICO

Diamela Eltit

La novela *El paradero* de Juan Balbontín no puede ser desligada de sus condiciones concretas de producción. La distancia temporal que media entre la escritura de la obra y su publicación, condensa la cifra de un desgarro cultural, en el que los síntomas de una opresión concreta hicieron que este libro permaneciera errante, en un estado inédito, solo abierto a la conciencia de unos cuantos lectores privilegiados y secretos.

Personalmente, por mi estrecha amistad con el autor, conozco la novela *El paradero* desde sus inicios. A finales de los setenta, Balbontín había concluido su trabajo literario, perfilando la narración a la manera de una acción incesante y única a la vez. La ciudad aparecía fantasmagórica, solo fijada en una esquina convulsionada por la cercanía del toque de queda, a la cual el protagonista acudía cada noche, o bien, de la cual nunca se había retirado. Allí se aglutinaban los cuerpos ciudadanos vigilados, atravesados por la censura pública de un espacio cercado por una atmósfera de extremo peligro.

Al interior de esta situación, el hombre, enclavado en el paradero, tejía desde su único reducto, la pasión amorosa. Muerte y erotismo iluminaban los sentidos de la palabra escrita, dotando a los seres que poblaban al relato de una profunda humanidad.

Hoy, después de diez años, *El paradero* rompe su propio claustro, saliendo a lo público. No me corresponde sino celebrar este acontecimiento, puesto que el trabajo precisa el modo de enfrentar la producción literaria para los narradores que permanecimos en el país bajo el periodo de dictadura.

Pienso que el libro recoge un hacer exacto al deslizar la narración desde los límites a los centros, tejiendo finamente una renovada manera de generar una textualidad que amplía el relato hasta tocar ambiguamente una realidad que ebulle y se escabulle en la simultaneidad del sensorio humano.

Santiago, agosto, 1989

LO FRAGMENTARIO, LO ESCINDIDO, LO CARENTE

Eugenia Brito

A casi diez años de la lectura de *El paradero* de Juan Balbontín, la novela me parece una de las más interesantes producciones literarias escritas en Chile bajo dictadura. Bajo el significante fijo del paradero de buses, sede de desplazamientos y de circulación de personas, se organiza un narrador que a partir de la espera elabora un registro de la perturbada vida social chilena. Es en este sentido que se puede decir que *El paradero* no es otra cosa que la lectura de una vida urbana chilena de los años difíciles vividos por todos después del golpe militar. Su escenario es un escenario sofocante y sofocado: el paisaje observado por el voyeur que es todo narrador congela el tiempo y el espacio en una escena única y repetida hasta el infinito: la escena inmóvil del neurótico. Sin embargo, este movimiento no es en modo alguno inconsciente: la estructuración literaria de *El paradero* corresponde a las estrategias utilizadas por varias producciones contestatarias a la historia oficial. A la visión globalizante impuesta por el régimen, desde el cual todos los mecanismos culturales estarían impregnados por un sentido único, Juan Balbontín selecciona un espacio reducido y privado desde el cual gestos y miradas proyectan una ambivalencia que rechaza la unicidad de sentido. Los actores que conforman el material narrativo de esta novela son reprimidos, pero la huella de su protesta no es una huella silenciosa: se localiza en el cuerpo. Y ese es otro de los mecanismos literarios utilizados por el autor para generar desde esa óptica la liberación del espacio social que compartimos los chilenos después del golpe. Hablar desde el silencio, a pesar del silencio, y con el cuerpo. Generar estrategias de comprensión sobre la base de subentendidos: los presupuestos que, años después, permitirán al país gestionar una empresa de liberación y reconquista.

El cuerpo intervenido será, pues, una zona de protesta y conflicto. Quien ha sido sofocado sabe que a pesar de toda la red de dominación existente, la empresa de su autogestación depende de él. Una forma de defensa es por supuesto la enfermedad: la neurosis.

Desde la enfermedad se proyecta la cura. Esa cura viene dada en la novela de Juan Balbontín por la espera erótica. El paradero será el lugar desde donde se ha de articular la cita. El espacio intervenido, desmedrado, exiguo, se erotiza y se convierte en cuerpo. Cuerpo que espera porque ama. Así, la mujer a la que el narrador consagra el texto es el pre-texto que da sentido al significante único y fijo del paradero, la esperanza de reconstrucción de la patria, el deseo de un orden otro para la circulación de personas, para el intercambio de los bienes. Ella debe traer esa modificación y por eso se está allí y por eso también la mujer esperada no es nunca "consumida" por el narrador, más bien existe como su elipsis, su merma, el objeto aún no existente que condensa la errancia jamás satisfecha de la cita. La cita erótica obliga al paisaje a seducir al ojo y exige al cuerpo la restauración de su proyecto de vida.

Juan Balbontín comenzó la escritura de su novela casi inmediatamente después del golpe. Su lectura también fue la cita de un grupo establecido en el paradero de su escritura, como un modo de pensar la historia y la literatura a contrapelo de la historia oficial.

Por eso, a la retórica alienada y desmedida difundida por el régimen y los medios de comunicación, Juan Balbontín escribe desde *El paradero* los signos que dan cuenta de una preparación para generar, desde lo fragmentario, lo escindido y carente, un proyecto cultural más solvente y responsable. En este sentido, la lectura de su novela me parece, hoy más que nunca, uno de los momentos más lúcidos de nuestra generación en la tarea de re-crear nuestra historia.

Santiago, agosto, 1989

NOTA A LA EDICIÓN

Para este libro se revisaron las dos ediciones anteriores (1989 y 2015) con el fin de asentar el texto. Los escritos de Raúl Zurita, Diamela Eltit y Eugenia Brito se mantienen del original y en su orden de aparición. Solo el primero de ellos hizo pequeñas modificaciones. Se agregó, a modo de prólogo, la presentación que hizo Diamela Eltit de la versión de 2015 de El paradero y que amplió, como homenaje, en 2019 al fallecimiento del autor.

Se ha incluido "Sintagma I", publicado en la revista *CAL* n.º 1 de junio de 1979, dando así un registro más amplio del autor.

Agradecemos la colaboración de quienes cedieron sus textos y a Gabriela Balbontín por su ayuda.

EDICIONES
UNIVERSIDAD DIEGO PORTALES